心绘文学馆·成长小说

班上养了一头牛

[日] 木村节子 著

[日] 相泽路得子 绘

周姚萍 译

南京大学出版社

比肩同行　重访青葱

霍玉英

香港儿童文学文化协会会长、前香港教育大学副教授

　　儿童文学对儿童成长有何意义与价值？儿童文学研究者培利·诺德曼（Perry Nodelman）强调孩子在当中所得到的是"乐趣"，而彼得·亨特（Peter Hunt）则要求"有用"，且不单要"好"，还得"有益"。上述所谓的"乐趣""有用"及"有益"，其实都关系着"成长"二字。儿童文学既让孩子的知识与学问有所增长，并在博识明理后能解难释疑。此外，想象的开拓，态度与情感的培养，更能丰富生命的本质。

儿童日渐成长，他们既要直面往昔不曾深涉的社会现实，又要接受身心飞速变化的自己；既有与社会的冲突，又有与自我的矛盾。他们很容易感到迷茫、困惑、焦虑，而这些动荡的心理变化和不稳的情绪，都深深影响着他们的成长。因此，这一群介于儿童和成人之间的特殊读者，也应该有人为他们发声，有属于他们的文学——青少年文学[1]。在青少年文学中，小说是重要的一环，而写实小说对情境、情绪、社会情况都有真实的描绘，多元的题材不单切中青春期少年的心理特质与需求，并能提供替代性经验以理解、面对、消解困境与迷惑，成长小说正配合了青少年读者的阅读需要。[2]

　　阅读成长小说，既可促进青少年的"个人成长"，又与他们的"语文学习"息息相关。阅读始点在于"趣味"，但儿童文学与青少年文学的"趣味"也许有别，儿童的"趣味"多在游戏、诙谐及幽默；青少年的"趣味"更多在于其引发的启蒙。

成长小说不避社会阴暗，致力打破禁忌，从阶级、性别、种族、战争、死亡等议题，披露社会现实。在成人看来，这些题材或许负面、敏感，但对少年读者而言，它们可以唤起同理心，可以从字里行间看见自己；可以产生替代性的阅读体验，丰富他们对社会人生的体认。因此，更有学者认为启蒙与成长，是少年小说的永恒主题。

成长小说因为涵盖情节、人物、背景、主题、风格等方面，既讲求表达手法，也要求读者有较高、较佳的语文能力与文学修养，从而理解、鉴赏、驾驭开阔的主题和意味深远的长篇作品。以人物的设置与塑造为例，小说中既有描绘完整的"圆形人物"，又有局部或单方面描述的"扁平人物"，用以推动故事情节。再者，推动情节中不可或缺的是冲突，包括"人与自我的冲突""人与人的冲突""人与社会的冲突"及"人与自然的冲突"。可见，在文学领域常见的技巧与手法，在成长小说中也多有出现，足以培养少年读者的阅读兴趣、能力与文学修养。

　　"心绘文学馆·成长小说系列"的出版，为青少年提供优秀的文本，在促进他们"个人成长"的同时，还提升"语文学习"的成效。再者，借助这些作品，家长与教师有了重访当年青春岁月的机遇，在细读与反思之间，更能设身处地，了解青少年的困惑与迷惘，并通过感受、体会与包容，与那些敏感、躁动的心灵并肩同在。

---

1 青少年文学的读者年龄范围大致介于儿童和成人之间，学者间没有统一标准的意见，一般以 11 至 18 岁青少年为创作对象。
2 "成长小说"（bildungsroman）以歌德的《威廉·麦斯特的学习时代》为标志。郑树森指"成长小说"一词，在西方一般指 bildungsroman，是从孩提开始，直至成年，并在离家、经历社会的阶段结束，属长篇作品。其间，有经历青少年时期的"启蒙时刻"，如以短篇来写这个时刻，就称为"启蒙短篇"（initiation story）。简言之，广义的成长小说是长篇，写成长中的不同阶段；狭义的成长小说则指写当中一个短时期的启蒙主题。见李文冰记录整理（1996）：《寻找书写的潜力和脉络》，《幼狮文艺》总第 510 期，P4—24。

班上养了一头牛

目 录

1 海报上的小牛

这是个四面环山的小镇。

今年四月，真优升上小学三年级了。

真优就读的茅花台小学，位于小镇外的山丘上。从大马路转进去，还要爬一段长长的斜坡，才能到达学校。爬坡很累人，所以，有些孩子常在半路停下来休息，原本结伴上学的人，也很容易走着走着就散了。

不过，真优已经可以一边跟美季聊天，一边一口气爬完斜坡。

真优和美季一、二年级同班。升三年级重新编班时，她们又一起进了二班。

她们两个人很喜欢天南地北聊漫画、聊电玩、聊明星八卦。不过这阵子，她们聊的几乎都是同一个话题。像是今天早上，美季就对真优说：

"一班已经在盖小鸡的鸡舍，三班也早就整理好花圃了，只有我们什么都还没有，真烦！"

"是啊，今天都五月十三日了，到底什么时候才能决定啊？"真优也小声咕哝着。

茅花台小学从多年前开始，就让孩子通过养动物或种植物，进行多元学习。所以每到四月，每年级的每个班都得决定要养什么动物或种什么植物。

不过，三年二班一直还没讨论出结果。

"都是直也害的，别人说要养什么，他都有意见，真是个自大狂。"美季说。

她"啪"的一声折下路边的小树枝，看着正在发呆的真优，很同情地说：

"你竟然受得了坐在他旁边，要是我才没办法呢！"

真优很有感触地点点头。坐在她旁边的，是今年刚跟她们编进同一班的石田直也。他一张圆嘟嘟的脸晒得黝黑，黑豆般的眼睛老是骨碌骨碌转。

开学那天，他一进教室，一骨碌坐下来，看都没看真优一眼，就把桌子当成鼓，砰砰咚咚敲起来。

"不要敲了，好吵啊！"真优吓了一大跳。

直也却满不在乎地说：

"你不知道这首歌现在很红吗？"

他继续砰砰咚咚敲个不停。

开始上课后，他还是吊儿郎当的，根本没认真听课，不只忙着算今天的运势，还一下子转铅笔，一下子在笔记本上画甲虫和毛毛虫吓真优。

而且，他常常忘记带东西到学校来。一遇到这种状况，他就靠过去跟真优借。借铅笔或橡皮擦也就算了，甚至连课本都要和真优一起看，还完全不管真优，任意把课本扯过去或乱翻一通。

"没办法，我已经拼命叫自己不要忘记，偏偏还是忘记了。"他还说得理直气壮。

前不久，美季替真优打抱不平，很严厉地对直也说：

"你要是再不认真读书，不但会对别人造成困扰，而且将来长大了也会很惨哦。"

直也发出"啊"的一声，然后对美季说：

"不用你操心。我呢，长大后会变成昆虫博士和动物博士。我的成绩是很烂啦，不过呢，不管是蝉，还是锹形虫，我都了解得很透彻，所以，不读书还是能当博士，哪会惨呢？"

自大的直也，无论同学提出要养什么、种什么，他都有意见。

"花又不会动，种花太无聊了。我们应该养那种又会动又会叫的，那才好玩。"

"不要养小鸡啦，小鸡只会叽叽叫，吵都吵死了。"

"要养青蛙和乌龟，在家养就行了。喔，拜托！大家想点更酷的嘛！"

大家都不知道说什么好，出点子的人也愈来愈少了。

爬上坡道顶端，眼前一片开阔。

鳞次栉比的屋顶那端，是广阔的田野，再过去，河流在阳光下闪闪发光。湛蓝的天空下，矗立着白皑皑的日本阿尔卑斯山。

美季摊开双手，叹了一口气说：

"只要能快点决定，养什么都好啦……"

话一出口，美季就连忙住嘴，并马上跟真优道歉：

"啊，对不起，你怕动物，所以不能说养什么都好啦……"

"嗯……不过，没关系啦，反正……"

真优露出无精打采的笑容。她真的很讨厌动物，就算大家都觉得很可爱的小狗和小猫，她也不喜欢。所以，尽管她和美季一样，希望这件事早点决定，却很担心到时候要养动物。

"你别怕，交给我吧。我们是好朋友，直也要是有什么怪点子，我一定反对到底，不让他得逞。"

开朗的美季，常常给胆小的真优鼓励和安慰。

"美季，谢谢你，也拜托你了。"真优打从心底说。

这天的早读时间，老师说完话，直也突然站出来，手上举着一张大大的海报。

"大家看一下这个。"

那是牛在牧场玩耍的照片。真优想起斜坡下方有一间牛奶商店，那正是他们贴在墙上的海报。

"小牛很可爱吧？小牛长大了，还有牛奶可以喝。这是不是太酷了？所以我们就这么决定吧？三年二班决定养牛啦！"

大家以为直也还要继续发表高论，所以呆呆看着他。

过了好一阵子，有个男生举起手来，接着，更多人纷纷举手赞成。

真优忍不住望向美季。美季好像故意躲开她目光似的低着头，一副很不安的模样。

最后，有二十九个人赞成直也的提议。全班共四十个学生，由于超过半数，直也的提议通过了。真优一知道这个结果，脑中"唰"的一片空白。

一直微笑看着整个过程的谷本老师，这时也露出了慌张的神情。他是个资历还不到三年的年轻男老师，对每种体育项目都很拿手，全身上下充满干劲。

"等、等等，你们要养牛？不行、不行，你们才三年级，养兔子还差不多……"

"可是我们已经投票通过了！少数要服从多数呀！"

直也抬头瞪着老师，嘴巴嘟得老高。

其他人也跟着起哄：

"都决定了呀！"

"我们有挑战精神，一定能把牛养得很好！"

尽管如此，老师却没有点头答应。

"不管是少数服从多数，还是什么挑战精神，不能养就是不能养。牛不是宠物，照顾的人每天都得很早起来，不论是喂饲料还是打扫牛栏，都不是简单的事。"

谷本老师每次遇到问题，都会把手指关节折得噼啪作响。突然，他瞥见一位坐在最后面的男同学。

"没错，兔子太小儿科了，养山羊吧。敏树，可不可以拜托你爷爷，把你家的山羊借给班上一阵子？"

敏树突然被老师叫到名字，红着脸低下了头。

小镇已经没有专业农夫了，却有一些人家把种田当副业，像敏树家就是，他家还养了两只山羊。

对于家里有山羊，敏树很自豪，一直到去年，还常常带同学到羊舍去，让他们喂山羊，摸山羊的胡子玩。

敏树的爷爷总是眯着眼睛说：

"敏树把山羊照顾得很好，这个连山羊都知道，所以山羊也跟敏树最亲呢。"

可是，为什么敏树现在绝口不提山羊，也不靠近羊舍一步呢？

"我们跟敏树说想去看山羊，他却只丢下一句'爱看你们就去看啊'。他怎么回事啊？"

"敏树跟我说：'喂，你身上有羊骚味，你都不知道吗？'他是不是被人说过身上有羊骚味，才这么敏感呀？"

真优记得刚升上三年级时，曾听到住在敏树家附近的孩子说过这些话。

"现在一定还有人这么说敏树。"真优心想。

老师又问了敏树一次：

"敏树，不行吗？"

敏树的眼睛看着地上，没有说话。

这时，一直气鼓鼓的直也大吼着：

"老师你好狡猾，我们才不要养山羊呢。决定养牛就要养牛嘛！大家决定的事一定要照做！老师不是常常跟我们这么说吗？难道你忘了？"

真优和其他人都瞪大眼睛看着直也。每当班会做出"不准在上课时吵闹""不准在走廊奔跑"等决议时，总是事不关己打破这些规定的，就是直也！现在他居然理直气壮地说："大家决定的事一定要照做！"

老师也呆呆看着直也好一会儿。

"啊——真不想被直也这么说。"

他露出无可奈何的笑容。

接着，他一脸严肃地对大家说：

"你们想说的我都知道。不过，我得说清楚，并不是任何事都能少数服从多数。假如大家表决要去做坏事，难道可以少数服从多数去做坏事吗？老师要大家很认真地想一想，养动物不是玩游戏，而是养育一个生命。养牛，就得为牛的生命负责。你们好好想一想：这样你们还要养吗？"

大家你看我，我看你，最后纷纷说：

"要！我们会好好养的。"

"我们很想养牛，一定会很努力照顾它的。"

真优愈来愈忐忑不安。

老师插话说：

"好，我知道了。可是，那些讨厌牛的同学，要怎么办呢？"

"都已经决定了，没办法啦，他们自己要加油。"

"对啊，每个人都要帮忙，一起把牛照顾好。"

大家的意见一面倒。这时，美季举手发言了：

"讨厌牛的同学，只要做他们做得到的，这样不就行了！"

大家很赞成美季的意见。

看着外头没说话的老师，这时很果决地说：

"请你们给老师一点时间想一想，也请大家乖乖等我的答案，好不好？"

真优他们并不知道，从第二天开始，老师就非常忙碌。

他从网络上查到，青野村有间村营的小牧场。从小镇到青野村，车程大约四十分钟。他抽出时间去拜访，实地观察人们怎么照顾牛，并请教、讨论了养牛的种种问题。

另外，他觉得三年级并不适合养牛，所以也先跟家长会说明状况，请他们协助。

至于班上的孩子，只要一看到老师，就七嘴八舌地问：

"老师，你还没有想好吗？你不是说等一下吗？可是我们等很久了啊。"

大家都心急得不得了。

今天早上，美季就跟真优说：

"就算不行也好，真想早一点知道答案。"

大家投票通过要养牛的那天，美季在回家的路上对真优说：

"真优，对不起，那么多人都想养牛，我一个人反对也没有用……而且，养牛好像也蛮好玩的……所以，真的很对不起。"

"没关系啦，又不是你的错，你不用说对不起。"真优无可奈何地说。

美季马上恢复开朗的神情，说：

"真优，你先不要担心，反正还不知道结果呢，也有可能不会养牛啊……"

她又开心地说：

"就算要养，你也不用怕。我一定会帮你的，只要交给我就行了。说真的，我很想养养看。"

美季说着，不好意思地耸了耸肩。

一个星期过去了，大家简直等得不耐烦了。

这天的数学课，真优正在算数学题，直也的拳头却在她的肩膀上，用力地又推又转。又在欺负我了！真优想。

"别这样，这样我没办法写字啦！"

真优正想拨开直也的手，却讶异地发现，直也正拿着一张纸条在她眼前晃呀晃，纸条上不知道写了些什么。

真优拿过纸条。那是从笔记本随手撕下的一张纸，上头的字像鬼画符。

校 zhǎng, 我 men 三 年 二 bān jué 定 yào yǎng 牛。
我 men gēn 你 yuē 好，如果 牛 yǒu 牛 奶，jiù qǐng
你 hē，suǒ 以 qǐng 你 不 yào shuō 不 xíng。Bài
tuō 你 快 diǎn ràng 我 men yǎng。我 men děng 你。

虽然已经三年级了，但信上几乎都是拼音符号。

真优惊讶地跟得意扬扬的直也说：

"你要把这个交给校长吗？不会吧？"

"你是笨蛋吗？当然是要给校长才写的呀。"

一头乱发的直也，很神秘地凑近真优的耳边说：

"我们等来等去，都没等到消息，一定是校长不答应。

所以，我要把这个送给校长，校长看了，一定会说好。"

真优不理直也，继续算数学题。

然而，真是不可思议呀！直也一向讨厌写字，更讨厌写作文。那封信，据真优所知，恐怕是直也写的第一篇作文吧。

直也是怎么搞的呀？

真优悄悄转头去看，发现直也正小声哼着歌，一边在笔记本上画上一头大大的牛。

2 爱管闲事的直也

老师总算在六月十日给了大家答案。

"大家久等了，现在我要告诉大家一个好消息。青野村的乳牛中心，会把一头六月二日出生的小母牛，借给我们。"

老师吸了一口气后说：

"借给我们的时间是七月底到十一月底的四……"

老师还没说完，孩子们就纷纷大叫：

"咦？才四个月……"

"太短了吧。"

其他反对养牛的孩子也叫道：

"老师不是说三年级不适合养牛吗？现在怎么又说

可以养？"

"人家讨厌照顾牛啦。"

"也有可能不会养啊……"美季那时候说的话，一下子飞得老远。真优就像泄了气的皮球，沮丧到极点。

真优看了后面的佐竹史织一眼，她今年才跟真优编在同一班。三天前，她们在校门口遇上，聊到养牛这件事。佐竹也反对养牛。

"只要一想到牛，我就觉得好恶心，最好是不能养。"真优说。

佐竹甩甩长长的头发，点点头说：

"因为老师反对，所以我觉得一定不会养。"

佐竹还说，她每天走在坡道上，都会对着远山祈祷。

沉稳的佐竹，对真优来说就像姐姐一样。

不过事情的发展并不像佐竹想的那样。佐竹也一副泄气的模样，呆呆地看着老师。

真优旁边的直也高声喊道：

"老师，我们不能养久一点吗？为什么不能养久一点啊？真的不能吗？"

老师似乎早有准备，很从容地向大家说明：

"小牛出生后，只有一天是直接喝妈妈的奶，第二天就要和妈妈分开，由人用奶瓶喂母乳，三天后，则开始喂奶粉泡成的牛奶。小牛大约五十天大，就可以开始喂

饲料。六月二日出生的小牛，最快七月底开始吃饲料，所以……"

老师在黑板上写着："七月二十六日，小牛入学。"

"牛和人不一样，它们长得很快，六个月大就算长大了，要喂的饲料不一样了，照顾起来也更费事，因此必须送走……"

老师又在"入学"那行字旁边，写下："十一月三十日，牛毕业。"

"老师，那我们不就喝不到牛奶了吗？"

"难道不能养到十二月吗？"

大家还是没办法接受。

老师很坚决地说：

"不管怎样都不行。"

养牛的时间，是老师和牧场的人共同讨论出来的，如果要提早，小牛还没办法喂饲料，因此行不通；如果要养到十一月底以后，一样有困难。

老师为了让孩子们明白这点，很努力地说明：

"到了十二月，牛的体重会增加到一百五十公斤以上，食量也变大了，照顾起来很辛苦。而且，冬天的白天很短，天气又冷，所以真的不能再延长了。"

老师的视线一一扫过每个人，压低声音说：

"事实上，老师更担心一件事……"

小牛到学校三天之后，也就是七月二十九日，就开始放暑假了。

在寒冷的地方，寒假比较长，暑假比较短，所以茅花台小学的暑假，在八月十七日就结束了。暑假期间，全班的学生必须轮流到学校照顾小牛。

"你们只有三天的时间，学习怎么照顾小牛，这样够吗？"

老师很担心地叹了一口气。

原本牧场的人建议，暑假后再送小牛过来，不过，这样饲养的时间就只有三个月了。老师认为很想养的孩子会觉得太短，所以尽管知道有困难，还是拜托牧场的人延长为四个月。

"我真的很担心你们学不来。"

大家都感受到老师的忧虑，也了解事情的状况，有些孩子却依然议论纷纷。

突然，老师像想到什么似的拍了拍手。

"对了，我忘了跟你们讲一件重要的事。牧场的人说，如果大家没办法照顾好小牛，就得赶快送它回去。你们真的没问题吗？班上也有一些同学讨厌牛，其他人可以帮他们忙吗？"

吵闹的教室一下子安静下来。能不能照顾得好，总要试试才知道。说不定才两三天，就得送走小牛……

直也猛地站起来，碰得桌子吱吱嘎嘎晃动。

"才四个月而已，请大家好好照顾吧，一定要撑到十一月底，再送小牛回去！大家就这样说定了，说好的事一定要做到哦。"

直也口中的"才四个月"，对真优来说好长啊。尽管说"说好的事一定要做到"，但有时也会做不到啊。真优的脑袋里，有一大群牛砰砰咚咚狂奔着。

三年二班马上开始利用班会，学习有关牛的知识。这天，大家轮流发表自己所知道的牛的种种。

"牛的脚比马的脚短，尾巴也比较细，而且它的身体很像一个四边形。"

"牛奶很有营养，可以做奶油和起司。"

"我爷爷说，以前牛会帮人耕田、拉车，对人很有用。"

直也伸长耳朵，一边听一边点头。他很少这么认真听别人说话。

轮到他时，他更讲得头头是道。

"牛呢，有咖啡色，也有黑色的。不过，我们也会在照片上看到黑白斑点的牛。那种牛的品种叫'荷斯坦牛'，是一种乳牛。"

真优第一次听到荷斯坦牛这个专有名词，不禁睁大眼睛看着直也，就像看着一个不认识的人。

不过，直也终究是直也，听到不喜欢的话，马上就发飙。

有人说牛比马反应迟钝。直也便大叫：

"那只是因为它体型大，看起来才有那种感觉，其实牛的反应才快呢。"

有人说山羊有胡子，牛却没有。直也就瞪着那个人说道：

"别拿牛跟山羊比。山羊有胡子，却胆小得要命！"

直也对真优说的也很不满意。

"牛的嘴巴老是动个不停，还流口水，好恶心哦。"

直也一副要抓住真优算账的模样，对着她说：

"因为它是牛，嘴巴才会动个不停啊！那又不是它的错，你怎么可以说它恶心?！"

要是平常，真优一定不说话。但现在她很担心养牛这件事，心情有点焦躁，所以忍不住回嘴：

"我只是把我的感觉说出来而已，你干吗生气？而且为什么牛一定会那样？可以请你告诉我吗？"

"会那样就是会那样。"

"你也不知道吧，还说什么要变成博士……"

"你真烦啊！这个跟那个有什么关系呀？"

真优很少像这样，说话说得脸红脖子粗，直也也气得举起手来。老师严厉地制止他们：

"你们两个，不准再吵了！现在还在上课呢！"

"可是，老师，真优她……"

老师没有直接回应直也，却问了一个不相干的问题：

"直也，你知道人有几个胃吗？"

"这谁都知道啊，人只有一个胃。"

"那牛呢？"

"牛也是一……"

气呼呼的直也这么一说，老师忍不住笑了。

"不对。牛有四个胃。"

直也立刻惊讶地喊：

"啊？真的吗？牛真的有四个胃吗？"

"没错。我正要跟你们讲这些，如果你不想听，只想吵架的话，那也没关系。"

"我要听，我要听，老师你快点讲，快点讲啦。"

直也一副等不及的样子，一双脚踩得地板啪啪响。

老师若无其事地在黑板上画出胃的模样。

"牛吃了东西后，东西会回到嘴巴里重新咀嚼，这有个专有名词叫'反刍'。牛的嘴巴动个不停，就是正在反刍。为了使牛消化得更好，四个胃各有不同的功能，有的把咬碎的食物弄得更碎，有的把食物混合均匀，有的让食物变得像泥巴一样黏答答的。"

真优听了，觉得很不舒服，直也却开心地拍起手来。

"好酷！牛好像怪物哦！"

直也实在是个奇怪的小孩。

牛舍的预定地，在距离校舍相当远的树林边。由于是间不小的建筑物，所以得请大人搭建。

"老师，牛舍什么时候盖好啊？再有不到一个月，小牛就要来了，这样来得及吗？"

就在孩子们开始担心后的某一天，二班的矢崎同学和河本同学的爸爸，用卡车载着木材来了。

柱子、横梁，还有支撑屋顶的木架子都齐备了，接下来，只要根据蓝图组合起来就行了。蓝图也是跟牧场的人商量过，才画出来的。

"我们为了养牛麻烦了很多人，也得到很多人的帮助，这点大家千万不可以忘记。"

老师一再对大家这么说。

房子的搭建工作从隔天开始。二班的好几位爸爸从下午四点左右，一直忙到天黑。因为已经超过放学时间，又担心妨碍工程进行，所以老师不准孩子们去看。然而，他们还是偷偷跑去了。

工程进行得很顺利，吉山同学的爸爸利落地跑来跑去，指挥着大家。他是一位木造房屋的建筑工匠。

真优第一次近距离看工匠盖房子。从什么都没有，到渐渐成形，整个过程非常有趣，她兴奋地看着。旁边的男孩很羡慕地说：

"我们也好想盖盖看啊。"

真优听了，竟忍不住点点头。

牛舍盖好的时候，老师又跟大家讲了一件出乎意料的事：他要大家在牛舍旁边，盖一间放饲料和打扫用具的小仓库。

"虽然说是小仓库，其实比较像置物柜。老师会准备好工具，大家试着钉钉看，这也是一种学习。"

大家听了都非常开心，只不过，开始进行得却很不顺利，根本没办法像爸爸们一样。因为除了爸爸是建筑工匠的吉山同学，只有四个人曾经用过铁锤。

"这工作看起来很简单，弄起来怎么这么难？哎哟，钉子又被我敲歪啦。"

"要直直往下敲，你斜斜地敲，钉子当然跑出来了。"

"换我了，铁锤给我！"

大家闹哄哄的，工作却没有一点进展。老师看到掉了一地的铁钉，忍不住抱住自己的头。

"啊——光敲钉子就这么难啊！"

真优看着老师，心想：如果老师现在说不养牛了，自己应该很高兴，可是，为什么偏偏有很深的失落感呢？

是因为如果不养牛，之前开的好几次讨论会，以及为了欢迎小牛所做的欢迎广告牌和漂亮纸花，就全部白费了吗？

为小牛取名字时，每个人轮流提出意见。当时，真优想，小牛既然是小宝宝，就叫"宝宝"好了。没想到

大家竟然觉得这个名字很可爱，通过了。

提议的名字被选中，虽然很不好意思，却很开心……而且钉钉子也很好玩，自己可是愈钉愈顺呢……真优边想边发呆。

突然，直也大吼大叫起来：

"老师，已经决定的事情一定要做到底，不能只做到一半！"

被烦人的直也这么一叫，老师吓了一跳：

"真伤脑筋，我最不想被直也纠正了。"

老师尽管这么说，却皱着鼻子，看起来很高兴的样子。

接下来，他们采取另一种方式来建造小仓库：由比较会用铁锤的孩子负责钉钉子，其他的孩子在旁边协助。

真优负责钉钉子时，原本老是大声嚷嚷着"我弄、我弄"的直也，竟然非常认真地帮忙压木板、递钉子。

牛舍接近完工时，牧场的田川先生也来了。之前他为了和老师讨论，来过很多次，所以大家都认得他。他看起来六十几岁，老是戴着一顶草帽，穿着深蓝色的牛仔连身服。

田川先生去看牛舍时，大家都推推挤挤地跟在后面。

爸爸们用木栅栏围成的运动场，大概有教室那么大，出入口跟牛舍相连。

牛舍分成两个部分，后方堆着土，上面铺着稻草。

"盖得很好，小牛一定很喜欢。"

田川先生很愉快地环顾四周。

最后只剩盖在牛舍边、和大人差不多高的狭长箱形仓库还没看。

田川先生正要打开门，脸上的笑容突然消失了。

"这样不行，怎么会这样呢？……"

等着被夸奖的大家，满脸惊讶地抬头看着田川先生。

"怎么了？哪里有问题？"

田川先生没说话，指着散落在地上的铁钉。不知道是谁松了一口气说：

"这个呀，这个不用担心啦，马上就可以扫掉。"

田川先生却还是皱着眉头，一副很困扰的模样说：

"这可不像你们想的那么简单。铁钉这种东西再怎么扫，还是很可能有一两根没扫到。要是混在饲料里被牛吃进去，刺伤了胃，牛可能会死掉的……"

真优的心猛地一跳。光是被小小的刺刺到，就很痛了，更何况是铁钉。一根铁钉就能让又大又强壮的牛没命！

"小牛……小牛不来了吗？有钉子的话，牛就不来了吗？"

有个女孩用快哭了的声音问。就在这时，一颗顶着乱糟糟头发的脑袋钻了过来，原来是直也。他什么都没说，只管睁大眼睛，检查地上有没有田川先生说的、没捡干净的铁钉。

其他孩子也散开来，弯腰盯着地面瞧。真优也开始捡。

当她在木桩或是柱子的影子下找到弯曲的铁钉时，心就痛一下。

一直皱着眉头的老师，突然凑近田川先生的耳边，不知道说些什么。接着，他将双手做成喇叭状，对大家说道：

"可以了，可以了，我们知道大家的心情了。先停下来，等一下再来想办法。"

"是啊，先这样吧，之后再让老师来想办法。"

一旁的田川先生说，脸上的表情也不再那么凝重了。

三天后，学校前的斜坡，"咔啦、咔啦"开来一辆混凝土车。它在牛舍里里外外和小仓库四周，倾倒了混凝土，不管是木屑或是弯掉的铁钉，全被混凝土盖住了。

老师和大家说这可花了不少钱，幸亏家长会和校长都很支持。

直也知道后，很得意地对真优说：

"看吧，你现在应该知道我的信很有用了吧。"

真优可不认为是那封字迹潦草的信发挥了作用，但她什么也没说。

3 欢迎宝宝

　　每次暑假来临前，大家都兴致高昂地讨论要去哪里玩、跟谁有约，今年却大不相同。不管走到哪儿，大家聊的全是牛、牛、牛。

　　就连在家里也一样。真优不断向妈妈抱怨：

　　"牛很快就要来学校了。好可怕哦，要是它突然抓狂的话，怎么办？搞不好一脚就把我踩扁了……妈妈，你说怎么办？"

　　妈妈一副很不耐烦的模样。

　　"你这么胆小怎么行？你看看你，有一次碰到狗在叫，竟然吓哭了，还吓得拔腿就跑！放轻松点，放轻松点就没事啦。"

"说得简单！人家就是没办法不害怕嘛！"

如果又遇到那条狗，真优觉得自己一定还是会吓得拔腿就跑。

然而，妈妈一边削着芋头的皮，还一边事不关己地说：

"只要你想着牛很可爱，牛也会变得可爱，更会喜欢你的。不只牛啦，狗也一样。"

真优气鼓鼓的。嘴巴动个不停，流着口水的牛，怎么会可爱呢？她不禁悲从中来。

"好了，算啦，连妈妈都不能了解人家的心情……"

然而，在这样的时刻，真优发现自己虽然不安，却又莫名其妙感到兴奋。

七月二十六日总算到了，小牛来学校啦。

当孩子们冲到小卡车旁时，"哞——"车厢里的小牛突然叫了一声。音量很大，不像这么小的牛会发出来的声音。

真优吓得躲到美季背后。美季忍不住笑了。

"真优，你不用怕。田川先生就在旁边，小牛不会怎样的。而且它还很小，就跟大型狗差不多嘛。嗯，其实它看起来比狗还乖呢。"

美季说的没错。六月二日才出生、一身黑白斑点的小母牛，比真优想象中小多了，看起来也很纤弱。

尽管如此，真优还是不敢靠近它。

真优离开美季身边，去找佐竹。后来开欢迎会时，真优和佐竹都远远地躲在后面。

小学生养牛很少见，因此，有两个戴着臂章的报社记者跑来采访。他们对着装饰了缤纷纸花的牛舍入口和孩子们，"咔嚓、咔嚓"拍着照片。

真优觉得那些脚步声和快门声好吵。

她全身紧绷，忍不住在心里喊：这么吵，要是牛发起飙来，怎么办？安静点吧，不要再吵了……

佐竹也静静地呆站在那儿。

校长和家长会会长，勉励大家要同心协力，好好照顾小牛。接着二班的所有成员，一起向小牛说了以下这些话，作为欢迎会的结语。

"欢迎宝宝，谢谢你来到我们三年二班。从今天开始，大家就是朋友了。希望我们早一点变成好朋友，请多多指教。"

真优照着之前练习的，嘴巴一开一合，还不时望向牛舍。小牛和她想象中凶暴的牛很不一样。

它的耳朵里和鼻子周围，都是淡淡的粉红色，体型不像小山那么壮，头上也没有角。不仅不凶暴，它的小眼睛盯着四周一直瞧，似乎在寻找某个人，看起来竟有些不安呢。

真优突然觉得小牛有点可怜，但她又想：自己可不能太大意，牛虽然小，但牛就是牛，总有一天会露出可怕的一面。

从今天开始，大家要开始忙了。之前虽然辛苦，但已经辛苦过了。接下来，只有三天能学习照顾小牛，即使打算好好学，然而实际做起来会遇到什么状况，还不知道呢。就算抛开变量，也得在三天里，牢牢记住照顾牛的方法和值班的注意事项。

这三天，田川先生下午都会到学校来。

田川先生的车是黑色的，但由于沾满灰尘，看起来就像白色的。当它发出"嘎、嘎"的声音，爬坡到了学校，二班的孩子全跑了过去。

直也比其他孩子早一步飞奔到田川先生身边，不断拉着他的牛仔连身服，急吼吼地说：

"田川先生，你迟到了，快点、快点。"

"哪有迟到啊？现在还不到一点呢。对了，你们有没有把营养午餐好好吃完啊？"

"现在哪有时间吃营养午餐？都吃便当啦。哎呀，你管这个干什么?！只有三天，快点、快点，我们是在跟时间作战啊。"

"哦，跟时间作战？你这小家伙竟然说出这么有学问的话！"

田川先生哈哈大笑，笑得眼角的皱纹全跑出来。他和直也，看起来就像一对感情很好的祖孙。

到了牛舍前，田川先生先对大家说：

"牛看起来很强壮，其实很容易生病。所以牛的四周一定要随时保持干净。"

之前田川先生送牛到学校时，已经提醒过大家这点了。由于他所讲的跟那天几乎一模一样，所以有人笑了起来。

田川先生身边的直也突然大叫：

"有什么好笑的？不保持干净，牛就会拉肚子或消化不良！"

大家很惊讶，田川先生更惊讶。他看着眼睛瞪得圆圆的直也，接着，笑得脸都皱成一团，显得非常高兴。

"没错、没错，就是这样。所以大家一点都不能疏忽。好，现在我们就来打扫吧，先把牛粪清理干净。要睁大眼睛看清楚牛粪在哪里哦，没问题吧？"

田川先生拿起一把平铲，走进牛舍。

大家都知道要铲牛粪，然而，知道是一回事，实际做又是一回事。每个人都觉得很恶心，田川先生却一副若无其事的模样。

"你们一定觉得牛尿和牛粪很脏，然而对农民和牧场的人来说，它们却可以做成肥料，是非常珍贵的。有了好的肥料，种出好的牧草，就能养育出好的牛。大家懂吗？"

田川先生说着，开始用平铲清理牛粪。

"就像这样，一边对着牛说'别怕别怕，我帮你把便便清干净哦'，一边像摩擦地板似的慢慢铲起牛粪。这就是诀窍。"

直也除了在旁边看，还插嘴对其他同学说：

"不要围在牛后面。牛要是被吓到，发起脾气来就糟了。大家小心点。"

接下来是喂饲料。田川先生从小仓库里拿出棕色的袋子。

"早上和下午，分别用这把小勺舀三勺。"

"别忘了，早上八点半和下午四点，都要记得来喂。还要小心拿好，饲料里有米糠，有豆粕，很容易撒一地。一定要小心！"

不管是平常意见很多的直也，还是其他人，都没有发牢骚。以往，老师说再多次，直也老是转眼就忘，现在他却变得像另一个人，对所有的细节记得清清楚楚，也对牛的种种了如指掌。

远远的，老师一边擦着汗，一边快步走过来。

"对不起，刚刚在开会，所以来晚了。"

他一边说，一边像看穿什么似的，对着站在面前的直也说：

"你是不是又没乖乖听，让田川先生没办法好好讲？人家在说明，你不好好听，以后要怎么照顾牛呢？"

田川先生急忙摇摇手。

"他没有不乖，反而帮了我很大的忙。我还不太习惯像这样对着一群孩子说话呢。"

直也听了田川先生的话以后，露出得意的表情，拉着田川先生的手说：

"田川先生，不要浪费时间了。快点再教我们别的！"

休息时，田川先生还忙着更换稻草、补充饲料，整理已经清理到外头的牛粪。

处理完这些琐事，仍旧有很多要忙的。

首先要观察小牛的状况。它的眼睛亮不亮？精神好不好？有没有好好吃东西？另外还要带它到运动场玩耍、晒太阳。

不管哪一项，对真优来说都很困难，其中最麻烦的，就是用刷子帮牛刷身体，这可得近距离跟牛接触呢。

"像这样轻轻地刷，可以把毛里的脏东西清干净，也能帮助血液循环，让牛变强壮。"

田川先生说明后，孩子们就轮流尝试。

有的孩子很害怕，只在牛背上迅速轻刷几下；有的孩子则用力刷个不停。

真优的心脏快停止跳动了。她站得远远的，尽可能伸长手，如临大敌似的，飞快用刷子碰了宝宝的肚子侧边一下，就马上跑开了。

"拜托，这样根本没刷到嘛！刷子给我，好好看着哦。"

直也看到真优这个样子，从她手中拿过刷子。

"根本就不可怕嘛！看，就像这样。"

直也掌控得很好，力道不轻也不重，就像替爸爸搓背一样，很温柔地刷呀刷。小牛的眼睛都眯起来，舒服得似乎快睡着了。

真优心想：直也平常动不动就发脾气，动作又粗鲁，现在怎么变得这么温柔？……真是太不可思议了。

暑假的值班表排出来了。

如果养兔子或养鸟，通常两个人或三个人一组。二班则是四个人一组。不喜欢牛、讨厌牛的人，虽然也要一起照顾牛，但真的做不来，也不勉强。

二班有四十个人，暑假有二十天，所以每个人要轮两次。

真优那一组，除了她自己——佐原真优之外，还有河本良、宫下敏树，以及小平美季。经过抽签，他们要在八月三日和十四日来照顾小牛。

真优很庆幸能和美季分在同一组，这样她做不来时，就可以请美季帮忙。而且，河本和敏树做事也相当认真，敏树又很会照顾山羊，这让真优就像打了一针强心剂一样安心。

最棒的是没有跟直也同组。要是跟他同组，他一定会不断地发号施令；一不高兴，还会暴跳如雷。如果这样，那岂不是太惨了？

　　暑假时，除了要参加研习会等活动之外，老师也会到学校来。田川先生同样会来支援。尽管一切都准备好了，老师却依然很担心。

　　"大家要从小牛的角度来体会它的心情，来照顾它。常常想着：宝宝现在想要什么？讨厌什么？好好地观察，好好地体会、思考，才有办法照顾好它。"

　　老师接着说：

　　"要是因为临时有事，没办法到学校来，一定要跟同一组的人联络。要是什么都没讲，就没来值班，会对其他人造成困扰。还有，如果遇到没办法处理的状况，或是有不懂的地方，请打电话给我，但不要随便打电话给田川先生。田川先生很忙，千万不要随便打扰他，知道了吗？"

　　老师讲个不停，而且每天都重复同样的话，真优他们的耳朵听得都快长茧了。

4 好臭哦，真讨厌！

暑假第一天，真优气呼呼地跑出家门。

哎呀，讨厌死了！真是讨厌死了。又没轮到我，干吗要我到学校去？今天放暑假，应该睡到自然醒才对。妈妈真的好差劲！

真优虽然在心里这么抱怨着，事实上全是她的错。她昨晚发牢骚，实在发得有点过头了。

昨晚，她洗完澡，很夸张地叹了一口气，对妈妈说：

"明天就放暑假了，要是不用去照顾牛，那就太完美了。妈妈，再过几天我就要去值班了，好恐怖，怎么办啊？"

"怎么办？只有好好加油啦。"

"加油？是要去照顾牛，可怕死了。你到底知不知道啊？我是要去值班照顾牛！"

"知道啊。"

妈妈满不在乎地说。爸爸也一样，只顾看着电视上的棒球转播。

真优火大了。

"才怪，你根本就不知道！要扫牛大便，恶心死了。帮牛刷毛时，它凶巴巴地瞪着你，说有多恐怖就有多恐怖。你到底有没有在听我说呀？"

真优将妈妈逼到极限。妈妈再也忍不住了，猛地转身，瞪着真优，生气地说：

"你实在太不像话了。怎么办？怎么办？好，你不知道，我就来告诉你怎么办。明天你就像平常上学一样，早早起来，一秒钟都别给我赖床！"

隔天，真优刚吃完早餐，就被妈妈赶出家门。

"马上给我去学校！在家里一直发牢骚，一点帮助都没有，倒不如到学校去，先看看别人是怎么照顾的。别再拖拖拉拉的，快点给我出门。"

妈妈的看法是：与其老是抱怨着"恐怖""恶心"，不如实际去看看别人照顾的情形，以及小牛的模样，并好好想一想自己可以怎么做。严格来说，就是别让她再听到"讨厌"等这些毫无意义的话。

真优拖着沉重的脚步爬上斜坡。当她看着远山时，突然想起一件事。之前她只顾着烦恼，都忘了佐竹今天会来值班。

"佐竹同学抽中第一天，好可怜哦。你不会觉得讨厌死了吗？"

那天真优看着值班表，很同情地对佐竹说。

"是很讨厌……不过，早做早完成……"

佐竹说着，微微笑了一下。她还是比真优来得坚强。

（佐竹同学，你还好吧？没什么问题吧？）

真优想着，突然快步跑了起来。

有些别班的同学，也不知道是否完成替花圃浇水等分内的工作，就跑到牛舍来。有人一边看着小牛，一边不晓得跟同伴说些什么；有人则有点羡慕地看着孩子们忙进忙出。

真优一接近牛舍，同班的进藤同学就兴冲冲地跑过来，对她说：

"你怎么现在跑来？啊！好可惜，你要是早点来，就可以看到宝宝尿尿，现在已经尿完了。"

进藤的脸庞闪闪发亮，一副觉得很好玩的模样。

"你有没有看过牛尿尿？很像消防队的水管连续发射，咻、咻、咻、咻！"

"对不起，我一点都不想看。"

真优苦着一张脸，没好气地说，然后走开了。

事实上，真优从一接近牛舍，就闻到很臭的味道。暑假前的三天，是因为太紧张了，所以没注意到吗？今天早上，那个气味让真优好想吐。

（好臭哦，是尿尿的味道吗？真恶心。）

真优用手捂住鼻子，看着值班的同学在牛舍忙着。

正木同学和园同学，看起来是负责饮水的部分。小牛一天要喝掉一大水桶的水。不过万一喝太多水，却会弄坏肚子，所以必须很小心。

在小牛面前清理大便的，除了千田同学，另外还有一个人……真优的心脏扑通跳了一下，忍不住叫道：

"佐竹，你还好吧？"

佐竹吓了一跳，抬起汗水淋漓的脸庞。原本好像快要哭出来的她，看到真优时，突然露出苦笑。

"没办法，该做的还是要做……我不想增加别人的麻烦……"

佐竹一边说，一边将铁畚箕递给千田。

尽管再怎么讨厌牛，却完全不依赖别人，努力做该做的事。对于这点，真优实在无话可说。

小牛除了偶尔会晃晃耳朵，其他时候都只是悠闲地望着四周，动着嘴巴。虽然它的体型大了点，却比隔壁邻居喜欢叫的狗，看起来乖多了。

"佐竹，你太厉害了！我可能没办法像你一样……"真优虽然很想努力看看，心中却翻搅着不安的情绪。

真优环顾牛舍四周，突然发现一件事。除了值班的四个人，还有一个人蹲在小牛的阴影中。

咦？是谁搞错时间跑来了？

真优正想着，那个人猛然站起来，对着大家说：

"打扫完，就要喂饲料了，然后得带宝宝到外面运动。没事的人，到运动场去看看有没有危险的东西。"

是直也，他怎么会在这里？……

直也该在八月二日和十日来，分发值班表时，真优就听到他说：

"我是二日和十日，加起来刚好是我的名牌号码——二十号，真好记。"

直也又在说那种无厘头的话，所以真优印象很深刻。

直也可能太想照顾小牛，迫不及待跑来了。不过，他来帮忙还说得过去，怎么命令起别人来了？！真是有点过分！

而且每个人都只管做事，吭都不吭一声，也是因为啰唆的直也在场的缘故吧。特别是跟牛有关的事，一个不如他意，他就发火，大伙儿一定受够了。

真优脑中浮现佐竹的苦笑，一边想：自己值班的时候，直也可千万千万不要来呀。

虽然妈妈跟真优说，不管时间长短，每天最好都能去看看小牛，但真优并没有照做。就这样，真优的值班日到了。

真优跟美季讲好早点到学校去。但男生到得更早，已经将打扫的工具搬进牛舍里了。

真优手忙脚乱地包头巾，穿长筒雨靴，戴棉布口罩。绿色的头巾是去年和美季一起买的，口罩则是美季提醒她准备的。

放暑假的第一天，真优从学校回家之后，打电话给美季，告诉她：大家都很认真地照顾小牛，直也也来了，还有牛舍的臭味真的让她受不了……

美季若无其事地笑着说：

"真优太敏感啦。只要戴上口罩，就不会闻到臭味了。

到时候你戴厚一点的棉布口罩去，一定没问题啦。"

真优听了，不禁轻松多了。

然而，美季戴着遮住半张脸的大口罩，才走进牛舍，马上转头冲了出去。

"哇！臭死了！"

真优也急忙跟着跑出去。事实上，真优并没有觉得臭到要夺门而出，只是她不想单独留在牛舍里。

"戴口罩也没用。真优，怎么办？真的好臭哦。"

美季很夸张地用脚踩得地面啪啪响，一副气急败坏的模样说：

"宝宝刚来的时候才没这么臭呢。一定是因为天气很热，加上每天尿尿、便便的臭味，才会这样。啊——讨厌死啦！"

直也曾经说过，牛一天的尿量加起来有二十个塑料瓶那么多。真优又想到进藤对她形容过，宝宝尿的尿就像消防水管里喷射出来的水柱一样。

当她脑中浮现这画面时，不禁全身打了个冷战。

美季好像想着什么，接着将头巾一扯，用力一甩头。

"我——不做了！"

"美季……"

真优慌了。她明白美季痛恨臭味，但美季这样一走，自己也……没办法留下来。真优想起拼命忍耐、努力照顾宝宝的佐竹，忍不住好想哭。

看到真优她们一直没进去，河本跑了出来。

"你们讲话要讲到什么时候？不快点打扫干净，就没办法喂饲料。快点！快点！"

反戴着棒球帽的河本后面，是穿着过大长筒雨靴的敏树。他一手举着铲子，一边望着这边。

"要是没有把事情做好，让宝宝出了什么状况，我们可要负责的。"

"可是很臭啊，臭得让人没办法进去。"

"才没那样严重，而且只要进到里面，很快就不觉得

臭了，所以别把牛舍讲得像粪坑一样……"

河本这么一说，美季突然朝他高高抬起下巴。

"喂，河本同学。大家不是讲好，绝对不能强迫别人去做做不到的事吗？"

"是没错，可是……"

河本他们面面相觑，美季的态度变得更强硬。

"像敏树同学很习惯跟山羊在一起，这些当然算不了什么。但对我们来说，办不到就是办不到。"

真优听美季这么说，感到很吃惊。她心想：干吗要扯出山羊？敏树最讨厌人家提起这个了，美季又不是不知道……

如同真优所担心的，敏树满脸通红，头垂得好低、好低。

不过才一下子，敏树就抬起头。

"会臭也是没办法的事！因为它是牛，所以没办法啊。"

他生气似的说道。以往要是别人对敏树说了什么不好听的话，他总是低着头默默承受。这次他却对美季回嘴。

真优吓了一大跳，敏树说的话在她脑中转哪转。

（因为它是牛，所以没办法啊！因为它是牛……）

之前直也也说过相同的话。

"因为它是牛，嘴巴才会动个不停呀！那又不是它的错，你怎么可以说它恶心?！"

"为什么牛一定会那样？"

当时真优心情焦躁，不由自主地脱口问道。现在，美季也和那时的真优一样，紧追不舍地问：

"为什么牛就会臭？为什么？你说呀！"

当时直也很生气，却答不出话来。现在，敏树涨红着脸，很小声地说：

"那……那是因为动物本来就有味道嘛……"

一直在旁边的河本，也插嘴说：

"对啊，每种动物都有味道。它们没办法自己洗澡、打扫，所以才要我们帮忙。"

河本说的没错，每种动物都有自己的味道……

真优叹了一口气，望向美季。

美季很不满似的握紧拳头，把牛舍的柱子敲得咚咚响。最后，她和真优终究没有进牛舍去。

河本和敏树也放弃了，悄悄走进牛舍。"沙哩沙哩……"不一会儿，里头就传出铲子摩擦地板的声音。

于是，清扫牛舍、带小牛到外面做日光浴，都由两个男生包办。真优她们只负责量量饲料、提提水。之后，两个女生只顾着聊天，完全没靠近小牛一步，顶多偶尔探个头，瞧瞧敏树、河本在做什么。

由于受到耽搁，上午的工作到十点半才结束。等大伙儿要回去时，已经十一点多了。

T恤上满是汗水和泥土的河本他们，没跟真优和美季打招呼，就自顾自离开了。

下午的照顾工作从四点开始，这个阶段不用打扫，也不用带小牛做日光浴，只要换水、喂饲料和替小牛刷毛。

然而，对真优来说，刷毛比打扫更恐怖，因为那得很靠近小牛，还得接触小牛的身体。

真优一边从写着"小牛专用饲料"的棕色袋子里，慢吞吞地量着饲料，一边不知道该怎么办才好。

她原本想跟美季讨论，不料刚刚美季却突然说：

"啊，我想去看一下别班的花圃和鸟舍。"

然后她转身走向校园另一头。

没有美季在身边，真优很不安。之前跟田川先生学习怎么照顾小牛时，美季刷毛刷得非常开心。真优很希望美季快点回来，对她说："刷毛的事就交给我吧！"

真优也想跑去花圃那儿，脑中却浮现佐竹的脸——那张原本想哭，却勉强挤出笑容的脸。

给别人添麻烦真的很不好，我……

真优下定决心，不要增加别人的负担。然而，当她将饲料拿给河本时，却说出完全相反的话。

"不好意思，我没办法替小牛刷毛。我只要碰到牛，就觉得很恐怖。对不起。"

河本和敏树并没有像直也那样大发雷霆，只是说：

"那也没办法啦！"

他们愈是这样，真优的心情就愈沉重。

下午，真优同样只有量量饲料、提提水。其他讨厌的事，全由河本他们包办。真优觉得自己好没用。

美季回来时，河本已经写完值班记录，敏树正锁上牛舍的门。

"啊，都做完了吗？对不起，我跑去看五年二班的兔子。兔子好可爱哦，没想到就忘记时间了……下一次，我一定会做好该做的事，对不起、对不起。"

美季两手合掌，向真优、河本、敏树不断道歉。

真优看到这个情景，稍稍松了一口气，并凑近美季的耳边说：

"今天几乎都是男生在照顾小牛，这样真的很不好。

下次我们就忍耐一点，该做什么就做什么。"

"下次我一定会努力做好的。"

美季也用力点点头。

5 小牛的心情

　　八月十四日，轮到真优他们第二次值班。真优比平常早起。

　　"今天是盂兰盆节，真优还这么早起，真是不容易。"爸爸说。

　　盂兰盆节放假，所以爸爸显得很悠闲。

　　一旁的妈妈也开口说：

　　"你好像要去远足哦，起得那么早，而且看起来很开心嘛。"

　　"妈妈，你好坏哦。人家是因为担心，才这么早起的。"

　　真优明知道妈妈是开玩笑，还是忍不住生气了。

　　上次值班后的隔天，真优不用妈妈唠叨，就自动去学校看小牛。虽然真优约美季一起去，但美季总是推说有事，所以她都单独前往。

不管哪一天，值班的同学都很认真。就算讨厌牛的孩子，也努力做着清扫外围等自己能做的事。不过，还是有人呆站着，脸上露出痛苦的表情。每次看到这种情景，真优的心就一紧。

好惨哦！和我一样，变成别人的负担……

而且，真优怎样也没办法习惯牛舍的臭味。

不过，我今天一定要试试看，我要和美季一起努力看看！

真优下定决心等着美季。就在这时，美季打电话来了。

"我今天临时有事，不能去学校了，对不起。"

真优很沮丧，完全提不起劲。她也好想请假，但一想到河本他们，就觉得不能这样。

真优没办法，带着低落的心情，拖着沉沉的步伐，往学校走去。

她爬完坡，进了学校，一走过校舍，就看到河本靠在牛舍的栅栏上。不晓得为什么，河本看起来垂头丧气，一点精神都没有。

"河本，早。敏树还没来吗？对了，美季今天……"

河本没转头，凶巴巴地打断真优：

"敏树请假！他发高烧，没办法来。"

"啊！那今天只有我们两个……"

河本惊讶得张大嘴巴。

"什么？美季也请假……真的假的？她不是说今天要努力把事做好的吗？……"

两个人无精打采地靠着牛舍的墙壁蹲着。接下来要怎么办呢？他们发着呆。过了好一阵子，河本才重新调整好心情似的站起来。

"工作吧，要是我们不按照时间做好该做的事，那宝宝就太可怜了。你也要一起做，敏树没来，我一个人可没办法。"

"嗯，我……我试试看。"

真优这么一说完，心脏马上开始扑通、扑通狂跳。

她一踏进小屋，臭味就扑鼻而来，而且比任何时候都浓。

不能跑掉，要忍耐！不能跑掉……

真优像念咒语似的，在心中重复这些话。念着、念着，泪水竟然不争气地夺眶而出。她用手背抹去眼泪，战战兢兢地从河本后头看着小牛。

小牛屈着腿，肚子贴着地面。它看到他们，只动了动耳朵。

"来，宝宝，站起来，我们要打扫了。"

河本一边轻抚着小牛的背部，一边说。然而小牛依然不动。

"不打扫，到处脏兮兮的，你会生病的。来，我们来打扫干净哦。"

这回，河本啪啪打着小牛的背。但小牛还是不动，小小的眼睛呆呆地看着前方。

河本很心急，快哭了似的说：

"我不知道该怎么办了，要是敏树来了就好了。"

真优一点忙都帮不上，更觉得自己好没用，忍不住缩起身子。

河本急着说：

"我不是故意说这些刺激你的。我只是想，如果敏树在的话，应该知道该怎么办。那家伙虽然说过讨厌山羊，其实现在又变得喜欢山羊了，还做了很多调查呢。"

"是吗？他又开始照顾山羊了吗？……太好了……"

"老师不是跟我们说过反刍吗？吃进去的东西又会跑回嘴里，嚼嚼嚼，嚼嚼嚼。山羊一样会反刍，所以嘴巴也会动个不停。敏树在书里找到这个资料，很高兴地告诉我。"

"嗯，敏树他竟然……"

真优只觉得有四个胃的牛很恶心，敏树却很认真地

去查资料，可见他还是很在意山羊的。

真优也因此有点理解总是保持沉默的敏树，上一次为什么会和美季争辩。

抚摸着小牛身体的河本，突然很担心地说：

"喂，真优，宝宝不会生病了吧？会不会有问题啊？"

真优当然不知道宝宝有没有生病。她盯着小牛的脸，觉得它的眼神无精打采，看起来懒洋洋的。

真优想起田川先生曾说过，一根铁钉就能要了小牛的命。

如果把宝宝当成人，它只是还没进幼儿园的小孩子。要是这么小的小孩子死了，不是很可怜吗？真优虽然知道牛舍已经灌上水泥，应该没有铁钉会伤到小牛，但还是担心得要命。

"河本，要是宝宝生病了……那……那怎么办啊？……"

"我去打电话，打电话给老师！"

河本飞快地冲出牛舍。

　　牛舍只剩真优一个人。她很不安，根本定不下心来，一会儿跑到外面看着校舍那儿有没有人影出现，一会儿跑回牛舍，注意着小牛的状况。她还想着：要是美季办完事，突然跑来了，那该有多好啊。

　　真优远远看着讨厌又可怕的小牛，最后对它说：

　　"宝宝，有精神一点好不好？拜托啦，你叫一下嘛。"

　　小牛一动也不动，也不知道有没有听到她的话。

　　真优焦虑地走来走去，突然，她看到挂在柱子上的值班记录，上头记录着班上同学每天所做的事和值班的感想。

　　真优打开值班记录一看，昨天一切正常，之前则记录着小牛曾打喷嚏、打翻水等，看不出有什么不对劲的地方。

　　还有人写着：有人不用值班也跑来，命令东、命令西，更乱发脾气，实在很讨厌！

　　这应该是指直也吧。

他们会将脏东西放在单轮的搬运车上，运到牛舍再过去一点点的地方。

有人因此写下这样的感想：搬运车好难推，很容易倒，还会自己转到旁边去，推起来累死了。

敏树倒是很会推单轮搬运车，总是一路维持平衡，快速前进。真优从来不知道敏树这么厉害，会做这么难的事。

真优看了半天值班记录，也没发现任何小牛生病的线索。

她正想盖上值班记录，却在八月十日，也就是四天前的页面，看到很眼熟的字。那是鬼画符般、大大的字。

直也也写了值班记录，不会吧？……

直也绝对不会因为别人叫他写而写，所以应该是自己写的。之前主动写信给校长，现在主动写值班记录，直也是哪根筋不对了？

真优难以置信地读了起来。

> Bǎobao, 你 今 天 的 biànbian hěn piào 亮 yo, 太 bàng 了。Sìliào 也 tǒngtǒng 吃 光 光，又 hěn guāi qiǎo 地 yùndòng。Shuā 毛 的 shíhou，你 tiǎn 了 我 一 下，你 的 舌 tou rè rè 的，我 kāi 心 sǐ 了。明 天 也 yào hěn yǒu jīngshen yo, 明 天 jiàn luo, bye-bye.

　　整篇文字直也一样几乎都是用拼音符号写的，但他对宝宝的关心，却一点一滴传入真优的心中。

　　因为直也很喜欢宝宝，只要是对宝宝好的，他什么都愿意做。

　　但宝宝现在好像生病了，真优愈想愈舍不得。

　　过了好一阵子，河本垂头丧气地回来了。

　　"老师不在。接电话的人说今天是盂兰盆节，老师和亲戚一起去扫墓，晚上才会回去。明天他会到学校来。"

　　真优从袋子里拿出通讯录，不发一语地向校舍那儿走去。

虽然放假，学校依然有老师值班。只不过，由于是盂兰盆节，办公室里只有一位老师，而且是看起来很凶的六年级导师。

真优畏畏缩缩地借了电话。才刚打完电话，她就听到那位六年级老师问：

"你是三年二班的吗？刚刚不是有个男生才来打过电话吗？到底有什么事？"

"嗯，没有啦，没什么事，谢谢老师。"

真优一边说，一边跑出办公室，朝着牛舍反方向的校门跑过去。

电话才刚打而已，最快也要十五分钟，不，应该要二十分钟。真优尽管心里明白，却忍不住用跑的。只要站在校门口往下看，很快就能看到有没有人从斜坡往上过来。

出乎真优意料，很快地，有个小小的人影出现在斜坡下方。

"直也——"

真优一挥手，直也就断断续续地发出高声的回应。

"喂，那个，鼻子有没有干干的？有发烧吗？有拉肚子吗？"

爬上坡顶的直也满脸是汗，刘海湿答答地紧贴额头，还不停地大口喘气。

不过他一步都没耽搁，直接冲进牛舍，一把推开站在小牛身边的河本。

"宝宝，你怎么了？哪里不舒服？肚子痛吗？"

他一边问，一边摸着宝宝的背部和肚子，简直就像真优生病时，妈妈焦急关心的模样。

河本看着，生气地嘟起嘴，还瞪着真优，好像在问：你干吗要叫他来？

真优不知道该怎么办才好。她了解河本的感受，但自己也搞不清楚为什么要叫直也来。

直也比谁都清楚牛的相关知识；为了牛，就算是讨厌的事也肯做，甚至愿意听话守规矩。班上的同学似乎也因此比较肯定他，但是，他不见得就懂得牛的疾病呀。那么，自己为什么要叫他来呢？

虽然真优想不通，不过，当她看到直也为了牛那么担心，就觉得他能来，实在太好了。

然而，不一会儿，发生了一件令人料想不到的事情——"嘎、嘎、嘎……"外面传来一阵汽车爬坡的声音。那是沾满灰尘、看起来像白色般的黑色汽车。

直也大叫着冲出去。

"你怎么这么慢？快点、快点，急死人了。"

"哪里慢了？我一接到你的电话就马上赶过来，这已经是最快的速度了。"

沉着的声音、深蓝色的牛仔连身服，百分之百、如假包换的田川先生。

田川先生歪着头说：

"唔，到底怎么了？昨天下午还好好的啊。"

真优和河本不由自主地跑到田川先生身边。

但是，田川先生怎么会来呢？老师不是交代过，不能随便打电话麻烦田川先生吗？

直也小声却又得意地对真优说：

"我长大以后要拜田川先生为师。我已经跟他讲好了。所以，我有什么不懂的地方，随时都可以打电话给他，因为我是他的徒弟嘛。不过这可是秘密哦，你不要跟别人说，更不要让老师知道。"

没想到直也这么快就放弃当昆虫和动物博士的志愿。然而，真优并没有说什么。对于他不遵守规定，打电话找田川先生来，真优不但没有怪他的意思，反而因为来了大救星，而感到非常开心。

田川先生检查宝宝有没有胀气，有没有发烧。好半天后，他终于对着看起来很担心的三个人，比出一个"没事"的手势。

"没什么大问题，不请医生也没关系。它还是小牛，身边没有妈妈、同伴，所以有点孤单，可以说得了'思乡病'吧。大家也都有过这种经验吧，想回家，想回妈妈身边。"

"它想找爸爸、妈妈和朋友，好可怜哦。"

河本看着小牛的脸，很不舍地说。

对啊，它自己一个，好孤单哦。

真优想着，胸口一热。老师总是说要体会"小牛的心情"，但真优发现到现在为止，她都只想到自己。

老师说由于母牛要供应人们鲜乳，所以小牛只有在出生的第一天，能直接喝妈妈的奶。光是这样，小牛就已经够可怜了，更何况还离开同伴，独自来到这里，这该有多孤单哪！

"宝宝，对不起。我之前只会嫌你很臭、很脏，都没想到你的心情……"

真优伸出手，静静地摸着小牛的背。

"哇，怕牛的真优竟然摸宝宝了。"

河本睁大眼睛。

小牛不知道是因为看到田川先生而感到安心，还是体会到真优的心情，细瘦的前脚突然伸直，接着用四只脚用力撑起身体，慢慢、慢慢地站起来。

"哇，宝宝站起来了！"

"宝宝没事，太好了！"

直也、河本和真优三个互相击掌，高兴得又叫又跳。

田川先生摸着小牛的头，不断说着："好乖、好乖。"

小牛轻轻摇着细细的尾巴，看着牛舍外的天空，"哞——"发出了响亮的叫声。

6 我讨厌真优

八月十八日，是开学的第一天。

老师的脸上堆满笑容，看起来心情很好，跟放假前担心的模样，差了十万八千里。

"大家暑假过得好不好？"

"好。"大伙儿马上大声回答。

"有没有发生什么事？"老师继续问。

"没有。"

"那真是太好了。大家把小牛照顾得很好，让老师很放心。田川先生也一直夸奖你们，还说照这样下去，一直到十一月，都不会有问题的。"

"哇！太棒了。"

"耶！"

在大家的欢呼声中，直也站起来说：

"不管谁有什么问题，都可以找大家讨论。只要大家一起想办法，什么都能解决的。老师，你说对吧？"

老师瞪大眼睛，盯着直也晒得黑黝黝的脸庞。

"直也，真没想到你会讲出这么有道理的话。"

老师似乎好不容易才挤出这句话，接着笑得眼角满是皱纹，把直也原本就乱糟糟的头发揉得更乱。

"没错，直也说得对极了。只要大家一起努力，没有什么事做不到。直也从照顾小牛的过程中学到很多呢，太了不起了。"

真优的心中暖暖的，脸上露出轻松的笑容。

开学这天还不用上课。简单地打扫，举办过"开业式"之后，大家迫不及待地冲向牛舍，打算看看小牛后再回家。

真优也跟着大家往牛舍跑去。他们到达时，看到田川先生已经在那儿了。之前，田川先生都是下午才来，今天却在早上就出现了。

直也开心地跑过去，但马上换了一副表情，急问：

"你怎么现在就来了？……该不会是要带宝宝回去吧？"

田川先生好像觉得很滑稽，"哈、哈、哈"地仰头大笑。

"没这回事。今天不是开学第一天吗？我该来换新稻草啦，还要来看看宝宝长大多少。还有，我也很想看看大家呀，所以就提早来了。"

"要量宝宝长大多少吗？"

"是啊，它从出生到今天，刚好两个半月。"

"哇！要帮宝宝量身高体重。"

大家都乐坏了。真优也觉得很有趣，不过，一想起四天前值班的情形，就开始有点担心，宝宝的成长状况不知道好不好。

而且，真优也注意到，他们全班都来了，就少美季一个。

美季到学校后，一直没开口说话。

早上上学途中，真优很反常地叽叽喳喳说个不停。她跟美季说起自己和河本两人值班那天的事；说起小牛看起来精神很差，让她很担心；说起河本联络了老师，老师却不在，害她不知道怎么办，因此打电话给直也。

"直也很快就跑来了，还打电话请田川先生过来，幸好这样，我们才知道宝宝只是想家，不是生了什么大病。宝宝看起来虽然很大，却还是小孩子。我知道它想家以后，就觉得它好可怜。隔天我又跑去看它，直也也去了。直也心地很善良，对宝宝很好，看他写的值班记录就知道……"

一直静静听着的美季，突然插嘴说：

"真优，你喜欢上直也了吗？"

"啊？喜欢直也……我……我才没呢！"

突然被说喜欢上直也，真优拼命地否认。美季却依然一副冷冰冰的模样。

"那个家伙眼中根本只有自己，不管别人，你不是很讨厌他吗？你很讨厌他，却又打电话给他，还说他心地很善良……这不是很奇怪吗？是啦，他最近好像比较认真一点……不过，你这样未免也太奇怪了吧！"

要是以往，美季都会说："是这样啊，嗯，我知道了。"现在，她却以质问的眼神，讲了一堆带刺的话。

"那牛呢？你已经不怕牛了吗？已经不觉得牛很臭了吗？"

"没有啊，我还是很怕，也很讨厌那个味道……我也搞不清楚自己是怎么了。"

真优回想起那天，好像因为担心小牛，不知不觉中，就把"牛很臭"这件事给抛在脑后了。

美季为什么连这种事也要生气呢？

"真优变了，变了很多……总而言之，我不可能喜欢牛。我讨厌牛，更讨厌直也！"

美季说着，就跑走了。

真优怎么也搞不懂美季为什么生气。但是，她觉得自己好像被美季直接吼道：

"我也最讨厌真优了！"

田川先生从口袋里拿出卷尺，说：

"你们谁帮我记一下？"

他才说完，大家全掏出笔记本。尽管只需要一个人，但所有人都希望由自己记下小牛的成长记录。

田川先生看到这个情形，一边笑，一边熟练地开始测量。

牛的身高是由地面到它肩膀的高度，宝宝的身高有八十七厘米，和真优的胸围差不多。用卷尺圈起小牛前腿后端的身体，就可以量出胸围，宝宝的胸围有九十厘米。

"嗯，这样体重就是七十公斤。"

田川先生这么一说，正在笔记本上写得沙沙作响的直也，突然发火了。

"这也太随便了吧，都没用体重计量。田川先生，你
不要这么随便好不好。"

不过，经过田川先生说明，大家就懂了。只要用牛
专用的卷尺量出胸围，就能大概知道牛有多重。

"牛的体型很大，用体重计量太不方便了，所以才会有这种专用卷尺。"

田川先生打开角落已被磨得破破烂烂的记事本。

"小家伙出生时是四十三公斤。这样重了多少呢？"

"二十七公斤……才两个半月就重这么多！比我弟弟长得要快多了！"

不晓得是谁发出吓人的叫声。

"不会吧！接下来每个月也会这样一直长、一直长吗？"

"如果是牛那还好，要是我，我可不要。人如果一个月胖二十七公斤，那太可怕了。"

田川先生的记事本上，写着出生时和出生一个月后的记录。大家笑笑闹闹地看着，感到既惊讶又有趣。

在不知不觉中，小牛渐渐长大了。真优想起美季说"真优变了"。刚才老师也问大家有没有发生什么事，说不定很多事都悄悄发生了。

其中有好事，也有不想发生却偏偏发生的事。然而，真优还是希望能和美季继续当好朋友。

第二天的班会，有人提出：剩下的三个月，每个月第二天，都要帮宝宝做测量。

"喂，这是我要提的，竟然被你先说了……"

被别人抢走发言先机的直也，尽管一副不甘心的模样，还是第一个举手赞成。

大家还决议将测量结果制成图表。老师很高兴地说：

"太好了，我们才刚学过柱形图，所以大家不要只在表格上填数字，最好能绘制图表。这样小牛的成长就一目了然了。"

直也又露出不高兴的表情，转头问真优：

"喂，你知道什么是柱形图吗？教我一下吧。"

早上刚刚重排座位，真优现在坐在直也的斜后方。

原本真优以为这样就能安心上课，没想到直也还是一有事就烦她。

不过，真优已经不像之前那么讨厌直也，甚至在他需要协助时，会想帮他。

"老师在教柱形图的时候，因为跟牛没关系，你就不肯好好听。上课不专心，下场就是这样。"

真优念了直也几句，并跟他约好午休时教他。

教室里显得既和谐又充满生气，和四月时大不相同。

不过，一直到第二天，美季对真优还是那么冷冰冰的。通常她们闹别扭，总是很快就没事了，但这次，美季一碰到真优的视线，就故意表现出跟别的同学很要好的模样。

就连真优的妈妈也发现不对劲，有点担心地问：

"这两天我都没看到美季，出了什么事？你们吵架了吗？"

真优无精打采地摇摇头。她们没有吵架，真优认为美季只是对小牛和直也的事有些误会而已。要是好好跟美季解释，误会一定会冰释。然而，不管是早上上学，还是到学校后，美季都离真优远远的，只跟其他的同学说笑。

真优很期待他们的值班日赶快到。每隔十天，同一组人会再次轮到照顾小牛。距离八月二十四日还有好几天呢。真优祈祷着那天能跟美季说到话，解开心结。

八月二十四日总算到了。由于不是暑假，而是上学期间，所以没有很充裕的时间，必须早点开始工作。

真优很勉强地和河本他们一起开始打扫。然而，她始终定不下心来，不停看着靠在运动场栅栏上的美季。

"美季，虽然很臭，但忍一下就过去了，跟我们一起进来打扫，好吗？"

刚刚真优鼓起勇气对美季说话，美季却没理她。

"喂，你到底想怎样？你值班，多少也要帮点忙吧。"

河本火大了，凶巴巴地说。但美季还是一副事不关己的模样。

"好了，说了也是白说，别管她。我们得快点开始，要不然会来不及。"

河本和真优听敏树这么说，也就放弃了。

三个人一起打扫、提水、喂饲料，最后将脏东西用单轮搬运车运走。敏树推着单轮搬运车，河本和真优静静地跟在后面。

下午值班时，准备回家的低年级生和高年级生，很好奇地跑来东看西看，让三个人都有点紧张。

大多数的人都静静地看着，偶尔说句"好可爱哦"。但也有高年级生瞪着值班的人，说：

"不过是三年级的小家伙嘛，养只牛，就这么臭屁啊？"

更有孩子踢着牛舍的柱子。

不过，三年二班的男生很快就注意到不对劲，由直也带着好几个人到牛舍前守着。

"不要吵！要看请安静地看。"

"喂，请不要突然用手指去戳它。小牛很胆小，会吓到的。"

"拜托讲话不要那么大声好不好？"

美季不知道在什么时候，跑到小仓库前方，看着直也他们。

真优忍不住注意着美季的一举一动，直到河本说：

"敏树，差不多要为宝宝刷毛啦。"

真优才突然在心中发出惊叫：

刷毛！糟了……我应该不行吧……

毛刷只有两把。河本似乎从一开始就认定真优不敢为宝宝刷毛。真优则很挣扎。

前一次值班，她不知不觉摸了小牛的背，当时温暖的感觉还一直留在手中，这让真优觉得自己应该做得到。

（加油……试试看……可还是好可怕哦……）

外头突然传来嘶吼声。

"不可以！不可以随便给小牛吃东西，刚刚不是说过了吗？"

真优惊讶地往外看，看到两个个子很高，应该是六年级的男生，从包包里拿出营养午餐剩下的面包，递到小牛那儿。

直也为了制止他们，拼命地大吼：

"牛的肠胃很脆弱，很容易拉肚子，所以不管是饲料的分量或是吃饭的时间，都要固定才行。拜托你们不要乱喂好不好！"

"少啰唆，这么点面包，吃了会怎样啊？"

那两个男生一个穿着松松垮垮的长 T 恤，一个斜戴棒球帽，低头看着直也，直也则抬头瞪着他们。

一起守着牛舍的其他孩子也靠过去，七嘴八舌地说：

"不管是面包还是别的东西，不行就是不行，请你们别破坏规矩。"

"这是三年二班养的牛，请你们不要多管闲事。"

直也也说：

"你们六年级了，还这么不守规矩！不守规矩，就不要来看我们的牛！"

穿长 T 恤的男生突然举起手，戳了直也的额头一下。

"个子小小的，口气倒很大。你们还不是跑去看六年级养的鸭子和绵羊吗？我们爱来就来，你们管不着！"

"对啊，别以为你们养牛，就了不起！"

戴棒球帽的男生压住直也的肩膀。

其他的孩子吓到了，不敢出声，直也却没有退却。

"这是什么话？！要是小牛生病了，那怎么办？小牛又没做坏事，却因为你们不守规矩而生病，那不是太可怜了吗？到时候它生病，你们两个要负责哦！"

"这家伙真过分，竟然指着我们说'你们两个'！"

那两个六年级男生好像被惹火了。

　　直也被他们踢了一脚，满脸汗水、泪水、鼻涕地对他们喊：

　　"你们这两个家伙不要再来了，永远不要再来了！"

　　河本和敏树吓呆了，真优则忍不住说：

　　"我去找老师来。"

　　当她要跑出去时，却听到美季的声音。

　　"住手！你们竟然欺负年纪比你们小的人，实在太差劲了！"

　　美季说着，走到直也旁边，一边帮他掸掉裤子和T恤上的泥土，一边对着远远观望的二班同学说：

　　"你们也很差劲，为什么不帮直也呢？大家不是说好要互相帮忙的吗？"

　　从刚刚到现在，一直看着事情发展的男孩子们面面相觑，其中一个被美季这么一凶，战战兢兢地对那两个六年级男生说：

　　"不要乱给小牛东西吃，也不要乱打人。"

其他孩子也纷纷跟着说：

"不守规矩，就没有资格养动物。"

"像你们这样，最好不要再来了，到别的地方去吧。"

那两个男生被大家围攻，"哼"了一声，悻悻然离开了。

真优松了一口气，又觉得心里暖暖的。直也和美季都很勇敢地面对可怕的高年级男生，要是自己一定办不到吧。

真优正想着，敏树拍拍她的肩膀。

"你要刷毛吗？如果要就快点，如果不敢，就由我来刷。把刷子给我！"

"咦？我……"

真优这才注意到自己不知道在什么时候，把刷子紧紧握在手里。

真优咬紧牙根。尽管心脏怦怦跳个不停，她却毅然决然地把手放在宝宝的背上。微微的暖意传到她的手中，真优开始忘我地替宝宝刷起背来。

做完所有工作后，四周一片寂静，美季不知道什么时候跑走了。今天又没办法跟她说到话了。真优独自向校门走去，心里像有个洞。

没想到，她一出校门，竟然发现美季站在那儿。

美季一看到真优，就走过去，有点不好意思地低下头。

"真优，对不起，都是我不好。我知道自己错了。"

"没有啦，美季，本来就没事。"

真优高兴得只说得出这些话。

美季像往常一样，开始说起昨晚看了哪些电视节目，走下斜坡后，才提起开学那天的事。她说她听了真优的话，觉得自己好像被孤立了。

"谁叫真优和最讨厌的直也、最可怕的牛，都变成好朋友，害我不知道怎么办才好。"

之前都是真优遇到问题，美季跟她说"没关系，我来帮你"，现在真优却有了被美季依赖的感觉，因此感到很开心。

"而且真优好像有了新朋友，就不理我了……我自己一个，好孤单哦。"

不过，由于刚刚发生那些事，美季有了不一样的看法。

"我觉得直也很了不起，一直努力要照顾小牛的真优也很了不起……倒是我，明明跟你约好了，却没有出现……其实是因为我很不想去，才假装有事，故意不去的。我给你制造很多麻烦，却还这样对你……"

"啪！"美季踢开一颗石头，又说了一次"对不起"。

"真的已经没事啦。"

真优摇摇头，直视着美季的脸说：

"美季也很了不起。你这么勇敢，连我都吓了一跳呢。"

美季害羞却又开心地呵呵笑了。

7 宝宝，再见

　　原本大家想自己进行测量，却担心抓不到要领，弄伤小牛，最后还是请田川先生出马。

　　大家将小牛的身高、胸围、体重，分别制成三张柱形图，贴在教室的布告栏上。柱形图的纵向代表测量结果，横向代表月份。可惜的是，宝宝在出生满一个月测量后，到满两个半月才测量，所以少了满两个月的测量结果。

　　每张柱形图的橘色线条都往上走，特别是体重的成长很是惊人，九月二日是七十八公斤，比半个月前重八公斤，到了十月，更重达九十四公斤。

　　由于觉得很复杂，直也一直记不住怎么看柱形图，所以偷懒只看线条——反正只要线条往上走，就知道小牛长大了。不过，最近真优很有耐心地教他，他总算可以解读图表上的数字了。

直也和真优还变得无话不谈，两人也会一起到牛舍去看宝宝。

"你啊，一直说很怕、很怕，当然什么都不敢啦。有什么好怕的嘛，伸出手来让宝宝舔舔看，只要伸出手，保证你会发现没什么好怕的。牛的嘴巴上方又没牙齿，就算被咬也不会怎样啊。伸出手来试试看嘛。"

直也说着，就去拉真优的手。

（我才不想被直也说什么都不敢呢。）

真优一边在心里嘟哝，一边战战兢兢地伸出手，但最后还是失败了。她吓得发抖，慌忙地缩回手。

但真优心中很想让小牛舔舔看。"刷毛的时候，你舔了我一下，你的舌头热热的，我开心死了。"她一直记得直也在值班记录上写的这段话。

真优值班时，悄悄跟小牛约好：

"虽然现在还不行，但有一天我一定会让你舔舔我的手。"

小牛的头缓缓地靠近真优。真优的心脏猛地跳了一下，却没有吓得往外跑。真优感觉小牛的眼睛似乎看进她的内心深处。

宝宝也许是用眼神来代替说话……嗯，一定是的。

宝宝现在可能对真优说："真优，我知道你在想什么。"真优发现，自己很温柔地对小牛说话，小牛就很温柔地回应她，所以根本用不着害怕。

然而，对真优来说，直到现在才跟小牛变成朋友，似乎有点晚了。很快地，宝宝就要离开了。

"好可惜哦，要是能早一点跟宝宝变成朋友不知有多好。"

"真是的，只到十一月，要是能养久一点，就好了。"

真优跟美季这么聊着，却改变不了事实。

真优决定在宝宝离开之前，要跟它说很多、很多话，当作以后的回忆。

就连为宝宝画画，真优也跟直也抢着跑到了牛舍最前面。

"真优，跑这么前面，会被宝宝的口水喷到哦。"

美季跟真优开玩笑地说，真优却一点也不在意。

"才不会呢，宝宝才不会这样呢。"

真优说着，连忙开始为宝宝画素描。

小牛白色的身体上，像打翻墨汁似的散布着一块块黑色的斑点，轻轻晃动的耳朵，动个不停的嘴巴，注视着真优的温柔眼睛。

仔细观察后，才发现小牛变了很多，四条腿都长粗了；身体也壮多了；原本稀稀疏疏的毛在不知不觉中，变得很浓密，再也看不到粉红色的皮肤。宝宝已经不再是小牛了。

真优想精确地画下小牛的模样，所以对着小牛一看再看。

真优旁边的直也也静静地画着。只不过，他并没有和真优一样，因为抢到看得最清楚的位置，而不停地观察小牛。

"直也到底有没有好好画呀？"

真优想着，往直也的纸上看了一眼。直也画了一头好大的牛，大得好像要超出图画纸了。

直也画的不是小牛，而是宝宝长大后所变成的母牛吧。强壮的四边形身体，胸部有着大大的三角形乳房。牛背还坐着两个小孩，开心地挥着手。

前面穿着黄色T恤的小孩，戴着和田川先生一样的草帽，后面应该是个女孩，穿着棕色的裙子。蓝色的天空、绿色的草地，都用蜡笔涂得乱糟糟的。虽然画得很乱，却是一张很快乐的图画，让人看了还想再看。

"直也，你画得很棒。"

平常要是被夸奖，就会扬扬得意起来，但这回，直也却没有露出高兴的表情。

"哦，是吗？"

他只说了这么一句，就好像时间所剩不多似的，继续涂着颜色。

直也真的变了很多。

"喂，这个除法这样算对吗？"

真优问他为什么要学除法，他说：

"牧场里有很多牛，每天要给多少饲料，一定要算得很精准。我现在已经学会柱形图了，但为了写日记，还要背生字。唉，真的很辛苦。"

他一副当定田川先生徒弟的模样。

"噢，这的确比当博士更辛苦呢。"

真优开了小小的玩笑，直也露出惊讶的表情说：

"你呀，照顾宝宝这么久了，还搞不清楚状况吗？没错啦，当博士做研究是很好，但牧场的工作要花更多精神呢。要在青贮仓（用来贮藏家畜冬季所需青草类饲料的仓库）里制作饲料，要担心牛有没有生病，还要挤牛奶、打扫，牧场里还有一堆事要准备。很多东西不学哪行啊？你也要好好学，要不然长大以后怎么办呢？"

真优忍不住笑了出来。

然而，直也还是一样爱管闲事、爱生气。不管什么事，总是抢着说：

"我！我！我来做！"

上课上得很烦时，也还是会恶作剧。不过，只要有人对他说：

"宝宝最讨厌欺负别人的直也了。"

他马上就停止恶作剧。

真优觉得，插班生宝宝为三年二班带来了很多好事。

跟牧场讲好的四个月期限，一转眼就到了。当早晚温差变得很大时，就已经到了十一月底。后天，宝宝就要回到有很多同伴的青野村乳牛中心。

今天，大伙儿比预定的时间提早两天，替宝宝做出生后第六个月的测量，也是他们为它做的最后一次测量。

宝宝的腹部那一带变胖了，脸形也更有棱有角，看起来就像一头大牛。

田川先生为了赶走悲伤的气氛，用开朗的声音说：

"这是最后一次了。在最后一次，有人想量量看吗？有没有？"

很多人抢着举手，老师连忙做签让大家抽。

直也没有抽中，嘟起嘴巴，就像是真优的错似的，气呼呼地说：

"搞什么嘛，竟然没抽到，这是最后的机会……"

然而，除了这样，他并没有多抱怨。

在大家的注视下，抽中签的吉山从田川先生手中接过卷尺，量出小牛的身高是一百一十二厘米。这已经高过真优的肩膀了。

接着是量胸围。美季幸运地抽中，她对真优比一个

胜利的手势。然而，实际进行起来却很不顺利。也许小牛知道帮它量的人不是田川先生，所以一被卷尺圈住，就不高兴地蹬起腿来。当美季要开始量时，它更往外逃。

"啊，怎么办？它不让我量……"

好强的美季急得快哭了，就在这时，敏树跑过去，轻轻拍着小牛的背。

"没事，没事，别害怕，马上就好了。"

小牛像撒娇般地用鼻子蹭着敏树的衣服。直也趁机从美季手中拿过卷尺，迅速地做了测量。

"胸围一百三十三厘米，所以体重是一百五十六公斤。"

直也洋洋得意地喊着，大伙儿拍起手来。

"哇！成功！耶！太棒了！"

小牛刚到三年二班时，只有五十二公斤。能将它养得这么壮，大家都好开心；而敏树和直也一瞬间的完美合作，也棒极了。

在后头看着这一切的老师，感触很深地说：

"到下个月，宝宝应该会长到一百八十公斤，饲料也得吃上双倍。所以现在正是让它回牧场的时候了。虽然养它的过程中发生过许多事，但一切都很值得，非常值得。"

老师像是说给自己听似的，显得很落寞。

明天宝宝就要离开了。

晚上，电视上播着真优最喜欢的动画片，她却没心思看，只是靠在椅子上发呆。

"这孩子真奇怪，不是说怕得要命、讨厌得要命吗？"

正在准备晚餐的妈妈，看到真优垂头丧气的模样，笑着说道。

妈妈并没有恶意，真优却忍不住大吼：

"你乱讲！你根本什么都不知道。人家都难过死了，你竟然还笑得出来！这是什么妈妈嘛！"

真优这一喊，忍了半天的眼泪也扑簌、扑簌掉个不停。

妈妈的声音也大起来了：

"哭有什么用？牛再怎么可爱，也不能永远和你在一起。等你毕了业，也一样要跟朋友分开呀。"

"这不用你讲，我也知道。"

尽管知道许多事不能避免，但真优还是希望能有人了解她落寞的心情。

然而，今天美季却说了和妈妈一样的话：

"真优，讲好的事就是讲好的事，没办法就是没办法了。"

美季还说：

"而且不用再值班，早上和放学后，我们就可以好好玩个够。对了，宝宝的运动场很适合玩跳绳。"

美季想要让沮丧的真优振作起来，真优却愈来愈提不起劲。

（我当然知道没办法……可是要分开了，大家难道不难过吗？）

真优想着，突然从椅子上站起来，跑到电话前。她有点迟疑，但最后还是毅然决然拨了电话号码。

（三、六、八……）

这是真优第二次打这个电话。可能成为田川先生徒弟的直也，也许能了解真优的心情吧。

"喂，这是石田家。"

真优一听到直也的声音，就觉得有好多话想说，但因为不知道怎么说，所以一直没出声。直也并没有凶巴巴地对她说"要说什么快说啦"，反而静静地等着。

"嗯，就是……宝宝明天要回牧场了……"

"……"

"虽然它还待在牛舍里，可是牛舍很快就会变得空荡荡的……那样一定很冷清。直也那么喜欢宝宝……"

直也一句话都没说。真优想到他可能比自己更伤心，又忍不住掉下眼泪。

真优也没再说话，听筒里静悄悄的，突然，从直也那头，传来像平常一样很大的说话声：

"老师不是说了吗？因为有很多原因，所以讲好明天要送宝宝回去。这也是没办法的事。我们跟人家约好的事情就一定要做到。再怎么难过也要忍耐。"

真优很讶异，直也竟然跟美季、妈妈说出同样的话。她更忍不住想：自己干吗打这通电话呀！

真优的心情愈来愈低落，直也放低音量说：

"不过呢，我有件好事要告诉你。但这是秘密，我只跟你说，不要告诉别人哦。"

"只跟我说？"

"啊，因为你多少也帮过我一些忙嘛。简单一句话，如果你想跟宝宝见面，我可以带你去。"

"咦？去看宝宝？去牧场吗？青野村的……"

真优很惊讶，直也却理所当然地说：

"谁叫我一定得去嘛！我不是跟校长约好要请他喝牛奶的吗？所以等宝宝可以挤牛奶时，我就要去。"

"什么时候？宝宝什么时候可以挤牛奶？"

"田川先生说等过了明年，然后再不久，就可以了。"

"那还很久嘛，那时候我们都五年级了……"

尽管有气无力，真优还是问：

"可是，我们怎么知道宝宝可以挤牛奶了？"

"当然是问田川先生啦！你忘了我要当他的徒弟吗？"

真优听了，总算笑了出来。

这一笑，心中的阴霾也散了，真优想起了先前直也的画。戴着草帽坐在牛背上的难道是直也吗？而那个女孩说不定就是她自己呢。

真优心想，她一定要跟直也到牧场去。

"直也，之前我在喂宝宝时，宝宝亲了我的手指一下，吓了我一跳呢。"

"咦，不错嘛，虽然很痒，但感觉很棒吧？"

"嗯，我好高兴哦。所以你一定要带我去，一定哦。"

"我不会说话不算话的，约定就是约定。"

现在直也已经可以说出"约定"这样的字眼了。约定，就是说了一定要做到的意思。真优"嗯"地应了一声，点点头。

明天，他们要写一封道别信给宝宝。真优想跟宝宝说对不起，也想写下很多快乐的点点滴滴。要写的好多、好多，但最后一定不能忘了写：

"宝宝，有一天我一定会去看你的。请不要忘了三年二班，也不要忘了我。还有，要健健康康地长大哦。"

真优这么决定。

后记

感受温暖与责任

木村节子

最近只要一出门，几乎都会遇上带狗出门的人。养宠物的人愈来愈多，但同时，你是否也发现，到处都看得到呼吁饲主要好好处理粪便的告示？有时还会看到蛇逃跑了、河川里出现鳄鱼等新闻，让大家感到很惊讶。

动物不仅仅是可爱的玩具而已，它们有感情，有生命。既然要饲养，就是"养育一个生命"，得负起应尽的责任。我就是怀抱这样的想法，写了这个故事。

我曾到日本长野县伊那市的小学，去参观他们低年级养牛的情形。虽然那时候放暑假，但我采访了级任老师，从他那儿听到许多故事，他也拿孩子们的图画和作文给我看。宝宝的故事，就是从那里诞生的。

故事里，我安排了很爱动物的直也，还有一开始不太喜欢牛的真优。这两个主角从养牛的过程中，学到了什么呢？希望大家经由这本书，感受到动物的温暖，以及生命的珍贵。

养育生命　从容长大

李华

儿童阅读推广人、高级教师

　　一天，刚上完课准备回办公室休息的我，被一位同学喊住，她笑盈盈地伸手递给我两颗大白兔奶糖："李老师，我们班朱迪的喜糖，送给你！"看着有点诧异的我，她一脸兴奋地补充说："朱迪是一只兔子啦，今天是她大喜的日子，新房就在走廊口，我还要继续派送喜糖呢！再见！"说完，一阵风似的跑了。"谢谢哦，恭喜恭喜！"带着好奇，我来到朱迪的"新房"。兔笼上贴了一个红红的大"喜"字，小夫妻俩蹲在里面，一脸幸福状。走廊上大家围着这对"新人"，叽叽喳喳地议论着。"看，朱迪当新娘高兴的，把尿盆都踢翻啦！"一阵笑声，飘散在这初夏微甜的空气里。

隔壁班上养兔子的事，渐渐变成了天天都有惊喜的连续故事集。朱迪，也成了学校里的明星。每天同学们悉心照料着她，打扫卫生，喂食换水，一丝不苟。后来朱迪怀孕、生子，同学们忙着给她补充营养，守候兔宝宝的诞生，还绞尽脑汁给宝宝们起名字……校园生活，因这位"插班生"的到来，增添了许多乐趣。

孩子与动物有着天生的亲近感，小虫、小猫、小狗、小兔，抑或其他，都会成为陪伴孩子走过童年的重要玩伴。因为他们敏感的内心，需要被温柔以待；他们单一的生活，需要有丰富的体验来填补；他们在一个几乎被大人控制的世界里，需要转身成为可以照顾弱小的强有力者……这也就能理解，为什么很多孩子，有想养宠物的强烈愿望了。

你能接受养的宠物有哪些？猫猫、狗狗、小鸟、小兔，还是温顺的蜥蜴、可爱的仓鼠、萌萌的小香猪……如果有一天班上同学提议，大家一起养一头牛，进行多元学习，你同意吗？

作为老师的我，嗯，也会考虑考虑呢！正如书中谷本老师解释的那样，"牛不是宠物，照顾的人每天都得很早起来，不论是喂饲料还是打扫牛栏，都不是简单的事"。的确，三年级的孩子，真能照顾好一头牛吗？他们知道做这事根本不像想象中的那么简单吗？他们会不会只有三分钟热度？"养动物不是玩游戏，而是养育一个生命。养牛，就得为牛的生命负责。"后来，这牛养成了吗？当然！因为大人们放下主观判断，收起因不确定而带来的各种担心，他们努力地帮助孩子完成心愿。他们看到，当一个孩子真正做起他想做并认为很重要的一件事情时，他全力以赴，那专注而坚定的模样，世界都为之动容了。

不拘小节、自大又调皮的直也，用歪歪扭扭的拼音符号，写信给校长，主动表达想养牛的诉求；他认真学习着牛的相关知识，得知小牛无精打采，最先冲到牛舍，关切地询问；甚至为了保护小牛，可以勇敢地和六年级的大男生叫板……怕牛的真优姑娘，克服了胆怯，给牛儿刷毛，用眼神与它对话。在小牛快要"毕业"离开时，他们已经变成了朋友。当然，直也与真优，也在照顾小牛的过程中，重新认识了彼此，收获了友谊。我们慢慢发现，当孩子负责任地养育生命时，他们遇到的照料中的麻烦、心理上的胆怯、团体里个人的得失计较……这些总称为困难的东西，会一一化解。孩子柔软的内心，在与小动物建立关系的过程中，变得更加有力。生活即教育，林林总总的那些欢笑与忧伤、惊喜与失落的体验，都将汇聚成他们今后面对生活的一种从容姿态。成长，就这样自自然然地发生了。生命的平等、尊严与可贵，也正在于此。

最后再说一句，《班上养了一头牛》不仅仅是木村节子写的一个故事，它真实地发生在日本长野县伊那市的小学里。这样的事情，有一天，说不定也会发生在我们身边，一起期待吧！

版权合同登记号 图字：10-2022-330 号

本书译文由台湾远见天下文化出版股份有限公司授权使用

图书在版编目（CIP）数据

　　班上养了一头牛 /（日）木村节子著；（日）相泽路
得子绘；周姚萍译 . -- 南京：南京大学出版社，2022.12
（2023.6 重印）
　　（心绘文学馆 . 成长小说系列）
　　ISBN 978-7-305-26067-4

　　Ⅰ . ①班… Ⅱ . ①木… ②相… ③周… Ⅲ . ①儿童小
说 – 中篇小说 – 日本 – 现代 Ⅳ . ① I313.84

　　中国版本图书馆 CIP 数据核字 (2022) 第 147929 号

BAN SHANG YANGLE YI TOU NIU

班上养了一头牛
出版发行　南京大学出版社
社　　址　南京市汉口路 22 号　　邮　　编 210093
出 版 人　金鑫荣
项 目 人　石　磊
策　　划　刘红颖
特约策划　余丽琼

丛 书 名　心绘文学馆·成长小说系列
书　　名　班上养了一头牛
著　　者　[日]木村节子
绘　　者　[日]相泽路得子
译　　者　周姚萍
责任编辑　邓颖君
项目统筹　李丹蕾　杨　杰
美术编辑　徐　昕

印　　刷　杭州日报报业集团盛元印务有限公司
开　　本　889mm×1194mm 1/32 开　印张 4.5　字数 75 千
版　　次　2022 年 12 月第 1 版　2023 年 6 月第 2 次印刷
ISBN　978-7-305-26067-4
定　　价　29.80 元

网　　址：http://www.njupco.com/　https://dfwwts.tmall.com/
官方微博：http://weibo.com/njupco
官方微信号：njupress
销售咨询热线：（025）83594756　4008828980